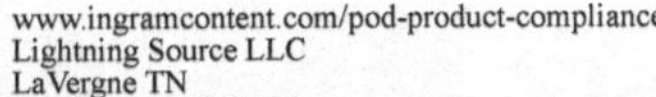

سيكولوجيا

بطاقة الكتاب:

اسم الكتاب: سيكولوجيا

اسم الكاتب: بانسيه محمد فضل

نوع الكتاب: رواية قصيرة

عدد الصفحات: 62 صفحة

المقاس: 20 x14

رقم إيداع:

الترقيم الدولي: 9782523159328

الطبعة: الأولى، 2023م

رئيس مجلس الإدارة

مها المقداد

للتواصل والطلب من داخل أو خارج مصر:
00201129195867-00201033966291

الغلاف والتنسيق الداخلي والمراجعة

فريق دار المصرية السودانية الإماراتية للنشر والتوزيع

فريق عمل
دار المصرية السودانية الإماراتية للنشر والتوزيع

فريق عمل
سحر الروايات - ShrElRawayat

تصميم الغلاف:	مريم وائل
تدقيق لغوي:	منى أحمد إبراهيم
التنسيق الداخلي:	مريم محمد سيد

دار المصرية السودانية الإماراتية للنشر والتوزيع-مها المقداد

+201289024055

Mahaelmukdad@gmail.com

سيكولوجيا

بانسيه محمد فضل

إهداء

إلى كل من علمني حرفا ودعمني وآمن بموهبتي وشجعني عليها، إلى كل مدرب بورشة كتابة التحقت بها وساعدني لأكون الأفضل.

إلى ورشة ومضة والقائمين عليها لكم جزيل الشكر لجهدكم المتواصل في تعليمنا وإتاحة فرصة النشر لأفضل الأعمال.

إلى كل من ساعدني ليخرج هذا الكتاب بأفضل صورة أدين بالفضل لكم جميعا وأتمنى أن أكون وفقت وأظل عند حسن ظنكم دوما.

إلى أبي الحبيب قدوتي ومثلي الأعلى وداعمي الأول، لا حرمني الله منك وأدعو الله أن أكون دوما مصدر سعادة لك كما كنت دوما فخري واعتزازي.

إلى أمي التي لم أر يوما في حنانها وطيبة قلبها ومن ورثت حب الكتابة منها، أدامك الله تاجا على رؤوسنا.

إلى إخوتي وزملائي، يا من آمنتم بي وكنتم دعمًا وسندًا لا أجد ما أعبر به عن حبي وامتناني لكم ويارب بالتوفيق لكم جميعًا.

بانسيه محمد فضل

الفصل الأول

انتحار

ضوء خافت في أركان الغرفة ينعكس على حوائط بيضاء تميل للون الرمادي بعض الشيء لتنير لوحات تشكيلية معلقة بشكل جمالي يريح الأعصاب كأنها بانوراما متحركة.

باب خشبي عتيق يبدو كأنه من العصور الوسطى معلق بجواره لافتة مضيئة محفور عليها الآتي:

د/ عمار سليمان

استشاري الأمراض العصبية والنفسية

جامعة كاليفورنيا

تأخر الوقت والعيادة مكتظة بالمرضى، طلب الطبيب من معاونه تأجيل باقي مرضاه للغد لكن تبقى مريض واحد صمم على الدخول فسمح له بذلك في ضيق.

دخل عليه عيادته شاب طويل أسمر الوجه ناعم الشعر يرتدي نظارة طبية ذو ملامح هادئة يرتدي ملابس عصرية وبسيطة، بمجرد جلوسه أمامه في هدوء تام عرف نفسه في كلمات شحيحة:

- زاهر أحمد

مرشد سياحي

ردد الشاب بعض الكلمات غير المفهومة كالألغاز الغامضة وحين حاول عمار فهمها، وجده يتحدث عن حادث قتل حدث بالأمس في الصعيد، ذكر زاهر كل تفاصيل الحادث كأنه رآه بعينيه.

اعتدل عمار في مقعده المستدير، حاول الاستفسار من زاهر فسأله:

- كيف عرفت كل تلك التفاصيل في الحادث؟ هل كنت هناك؟

رد زاهر بصوت خافت بعد أن تلفت حوله ليطمئن من عدم وجود أحد:

- لست أنا، بل هو.

حاول عمار استفهام الأمر أكثر فسأله:

- من هو؟ هل هو صديق لك أخبرك بما فعله؟

تردد زاهر لكنه رد بتلعثم واضح في حروفه:

- لا، لم يخبرني بلسانه، بل سمعت صوته بداخلي وهو يلوم نفسه على قتلها.

جلس الطبيب عمار في دهشة من حديثه، راودته الأفكار كرذاذ المطر تطرق رأسه ببطء أصابته بصداع قاتل.

بعد أن انصرف زاهر من عيادته، بدل نظارته بأخرى للقراءة وفتح دفتره الذي يدون به حالة مرضاه ليسجل أهم ملاحظاته في كلمات معدودة، لكن هذه المرة خانه قلمه واهتز بين يديه المرتعشتين من برودة قارسة رغم أنه في منتصف شهور الصيف الحارة، حاول عمار استنتاج حالة زاهر لكن كلماته زادته حيرة، سأل نفسه:

- هل هي أوهام وهلاوس تتملكه؟

لكنه أجل تشخيص الحالة لجلسة لاحقة وكتب له بعض المهدئات ليتمكن من النوم، لكن بعد انصرافه ظلت كلماته تراود عمار وتحوم برأسه كطنين النحل بأذنه، أما صوت أنفاسه المتقطعة كمن أصيب بحالة ربو مفاجئ.

لم يدرِ ماذا يكتب عنه فهو من أغرب الحالات التي شاهدها خلال سنوات عمله كطبيب نفسي، لكنه بعد حيرة وتردد كتب عنه جملة واحدة وهي

"صم أذنيك، أغلق عينيك، لا تتحدث مع أحد"

أغلق الدفتر، غادر العيادة بعد أن اكتفى بهذا القدر من المرضى فلم يعد يستطيع مقابلة أحد.

رغم إرهاق عمار الزائد وترنحه ثملًا من التعب، لكنه فضل السير على النيل في هدوء الليل كعادته ليفرغ رأسه من كم الأفكار التي تراوده بخصوص حالات مرضاه، لعن هذه المهنة الشاقة على أمثاله ممن يعيشون حالة مرضاهم بتفاصيلها ويتشاركون أفكارهم وآلامهم بدلا من نسيان أمرهم بمجرد الانتهاء من فحصهم.

جلس مستلقيا على مقعد سيارته ناظراً لصفحة النيل الساحرة تتلألأ عليها ضوء النجوم اللامعة مداعبةً القمر المنير، تنهد تنهيدة عميقة كجمرة نار مشتعلة أخرج بها ما يشغل عقله واستسلم لجمال المنظر، لم يشعر بالوقت يمر حتى سمع آذان الفجر فقرر العودة للمنزل، عاد الطبيب عمار لمنزله وبعد طقوسه المعتادة فر النوم من عينيه هاربا إلى اللا عودة، لجأ لكتاب يقرأه عن التوأمة الفكرية عله يساعده على النوم، كان العنوان غريبًا بعض الشيء لكن فضوله استحثه ليقرأ ما به، تصفح الكتاب وغلافه، شعر بدسامة محتواه فجذبه صفحة تلو صفحة حتى غلبه النوم رغما عنه.

استيقظ من نومه مرهقا لم ينل قسطا وافر من الراحة، جلس يتصفح الأخبار على هاتفه وهو يحتسي قهوته بملل، لكن خبرًا منهم استوقفه، بل أصابه بالذهول فلم يستطع تمالك أنفاسه، إنه خبر مقتل شاب في مقتبل العمر وجوار الخبر صورة تشبه شخصا رآه من قبل، ما هذا؟! إنه خبر مقتل زاهر مريض الأمس منتحرا!

جلس للحظات لا يعي الصدمة، متى وكيف؟! لقد كان معه بالأمس، هل انتحر نتيجة حالته أم تناول جرعة كبيرة من الأدوية؟

قام منتفضا من نومه كمن لدغته حية، لا يدري هل يخبر الشرطة بما سمعه من زاهر أم يتجاهل الأمر، قرر ألا يبادر بحديث أحد فهو منشغل بمرضاه ومتابعة الرسائل الدراسية التي يشرف عليها عبر بريده الإلكتروني منذ عودته لمصر منذ عام تقريبا.

لكن الوقت لم يمهله للتفكير، مر يومين بسلام، تناسى الأمر بعض الشيء، لكن لم يهنأ بتلك الهدنة، دخل عليه معاونه يخبره بقدوم معاون شرطة بالخارج طالبا منه التوجه في الغد لمركز شرطة العباسية لأخذ أقواله، وقع الطبيب عمار على طلب الاستدعاء، وتعهد بذهابه في الغد الباكر.

مر الليل بطيئًا على عمار تراوده الكوابيس بشأن مقتل زاهر، تخنق أنفاسه كحبل مجدول على رقبته يكاد يزهق روحه، تمنى لو عاد به الزمن ولم يزر ذلك الشاب عيادته قط، تمنى لو أنه يعيش حلما مزعجا كسحاب معتم ينقشع مع أول خيوط الشمس المشرقة، لكن مع حلول الصباح اضطر عمار للذهاب إلى قسم الشرطة لاستجوابه بعد أن وجدوا وصفة العلاج الموقعة باسمه كطبيب مختص داخل ملابس الشاب المنتحر.

جلس عمار على مقعد قديم، يتجول بنظره في غرفة التحقيق، شعر بجدرانها الصفراء كأنها أشباحا تطبق على أنفاسه أما أثاثها الرتيب فزاد من عدم راحته للمكان.

دخل عليه المحقق وجلس على مقعده ينظر لعمار بشك وريبة بعد أن سجل بياناته الشخصية، سأله قائلا:

- ماذا تعرف عن زاهر؟ وما كانت حالته؟

رد عمار ببساطة، رغم ازدياد قلقه:

- كانت هذه أول مرة يزور العيادة، لم يسعفني الوقت لتشخيص حالته، لكني وصفت له بعض المهدئات؛ لأن كلماته كانت أشبه بالهلاوس غير المنطقية.

استفهم منه المحقق:

- هل تتذكر حديثه لك؟

حاول عمار استرجاع الموقف أمام ناظريه، ثم أجاب قائلا:

- تحدث عن حادثة قتل بالصعيد، ذكر أغلب تفاصيلها لدرجة أثارت ريبتي، وحين سألته هل كنت هناك؟ أجاب "بل هو"، لكني لم أفهم منه أكثر من ذلك.

طلب منه الضابط ترك بيانات الحادث كما وصفه زاهر، ثم أذن له بعدها بالانصراف شريطة أن يكون متاح للاستجواب وتكملة التحقيق إذا لزم الأمر، شكره عامر وانصرف مسرعا ليلحق بموعد عيادته ومتابعة مرضاه.

مر اليوم على عامر رتيبًا مملًا، قرر بعد الانتهاء من عمله أن يأخذ عطلة لعدة أيام يزور أهله بالصعيد ويريح أعصابه من ذلك الحادث الغريب، بعد انتهاء يومه أبلغ معاونه أن يؤجل كل مواعيد مرضاه للأسبوع القادم لسفره المفاجئ، عاد للمنزل مسرعا، أعد حقيبته ليستعد للسفر في الصباح الباكر عائدا لقريته بجوار مدينة الأقصر.

وصل عمار إلى قريته الجميلة، سحره جمال الطبيعة من حوله، اشتاق لأيام طفولته المبكرة، أراد لو عاد طفلًا صغيرًا يجري ويمرح في تلك الحقول الخضراء لا يحمل للدنيا هما، تمنى لو عاد لحضن أمه لا يفارقها ولو للحظة، استرجع لحظات الطفولة وقسوة أبيه الذي كان يضربه ضربًا مبرحًا،

تحاول أمه أن تدافع عنه وتبعده عن طريقه لكن دون جدوى، كانت أمه كالملاك الحارس له في طفولته، لا زال يشعر بلمستها الحانية على وجنتيه وبيدها تربت على شعره.

لم يكن يعلم أنه سيفقدها سريعا نتيجة وحشية والده، وعدته أن تظل معه لكنها توفت إثر نوبة من نوبات غضب والده التي تصيبه نتيجة إدمان الكحوليات، ذلك الوحش القاسي أبرحها ضربا، لم تتحمل صحتها عنفه لضعفها وهزالها، تأثرت نفسيتها حتى ذبلت زهرتها وضعفت كيمامة شريدة تكسرت أجنحتها، لم تجد معها الأدوية نفعًا حتى ماتت بجرعة زائدة منها.

كم تمنى لو تركها والده تعيش في سلام، لكنه بمجرد موتها تزوج من أخرى وترك عمار لخالته تربيه وتعتني به، لذا فهي لها مكانة والدته لديه ولا يحيا إلا بدعواتها حتى أنها عاونته على تحقيق حلمه ليصير طبيبا نفسيا ناجحا.

منذ وفاة أمه، تعهد عمار أن يكون طبيبا يداوي الأرواح العليلة قبل الأجساد، دار بذهنه شريطا لحياته منذ تخرج طبيبا شابا كغصن لين يقاوم ظروف الطبيعة ليبلغ عنان السماء، تحدى ظروفه وضيق إمكانياته، تعرض لصعوبات كثيرة كانت أشواكا بدربه حتى حصل على أعلى شهادات الطب النفسي في أمريكا، لكنه رغم ابتعاده سنوات عديدة بأكبر المدن في العالم، ظل الحنين يراوده وذكريات الطفولة تطارد مخيلته، يتمنى لو ترك كل شيء ويعود ليجد راحته في موطن نشأته بتلك القرية الصغيرة.

توجه إلى منزل عائلته في أطراف البلدة حيث تقطن خالته الأرملة زينب التي لم تنجب أولادًا، لكنها من اهتمت بعمار بعد وفاة أمه وهو صغير كانت تغمره حنانا، تخشى عليه كخوف القطة على صغارها إذا اقترب منهم أحد، عاش تحت رعايتها ولم يتبق له أحد غيرها.

أسرع بالدخول للمنزل يبحث عنها، وجدها على سطح البيت تطعم الطيور، تشاهد الحمام العائد لبرجه من بعيد في سرب كسحابة في السماء تقترب منها، اقترب من خلفها هامسا:

- أمي الغالية، كيف حالك دوني؟

التفتت لتشاهد عمار أمامها، خفق قلبها وانسابت دموعها بل كادت أن تفقد النطق من الفرحة، احتضنته كأنما عاد كل حمام الغية إلى برجها، احتضنها عمار، قبل يدها وجلس بجوارها لينعم بحنانها الذي افتقده منذ سفره وانغماسه في العمل، جلس كطفل في كنف أمه يرتوي من نبع حنانها الذي لا ينضب، وبعد أن انهالت عليه بدعوات صلاح الحال في كل مجال جاءت كعادتها لسيرة بنت الحلال، اقترحت عليه هذه المرة طبيبة الوحدة الصحية الجديدة قائلة له:

- هي على قدر من العلم والجمال ومن بلدة قريبة من قريتنا.

ابتسم عمار لخالته محاولا إقناعها أنه لا يشغل باله بالزواج حاليا فأمامه الكثير ليحققه بحياته العملية أهم من ذلك، لكنها ضمت شفتيها في حسرة وربتت على كتفه قائلة:

- ماذا تبقى لتحققه؟ ألم يكفك ما حصلت عليه من شهادات وعلم؟ الوقت يجري يا عمار، وأنا لن أحيا لك طيلة عمري، كم أريد أن ترعاك زوجة صالحة نعرف أصولها وترعى الله فيك.

ضمها عمار وقبل جبينها ثم قال:

- حين يأتي القدر سأتزوج لا محالة، لكن ما يهمني الآن تذوق طعامك الشهي الذي لا مثيل له.

ضحكت الخالة وأخذت يده لتستند عليها لتعد له ما يحبه من طعام، سار معها كحمل وديع ينعم بالأمان كي يعاونها في إعداده .

الفصل الثاني

لعنة الفراعنة

لحين نضج الطعام، جلس عمار في مدخل بيتهم القديم يسترجع أجواء القرية، شاهد من بعيد جاره حسن صديق الطفولة والشباب الذي أكمل معه تعليمه بكلية الطب بجامعة أسيوط.

لم يكن حسن متميزا كعمار، اكتفى ببعض الأبحاث ولم يكمل دراساته العليا لكنه حاول الاطلاع على الجديد دوما وراسل عمار بالخارج ليناقش معه آخر معلوماته عن أحدث الأدوية المختلفة.

بمجرد أن رآه حسن أسرع متهللا يستقبله بحفاوة وترحيب، جلس حسن يُطمئنه على أحوال القرية وأهلها قاصاً له حال الأغلبية من فقر وبطالة، وأن كل ما يشغل عقولهم هو التنقيب عن الآثار لعلهم يحصلون على الثراء السريع.

ثم أخفض صوته قائلا بتردد:

- أهل أحمد أبو المجد ـ صديقنا القديم منذ أيام المدرسة عثروا على الطريق لسرداب مقبرة فرعونية، لكنهم يخشون من حراسة الجن لمقابر الفراعنة ويحاولون فك قيده كي يتمكنوا من الحصول على الكنز القديم.

نظر له عمار باندهاش قائلا:

- جن يحرس مقابر الفراعنة! وهل ذلك يحدث فعلا؟ أم أنها أساطير قيلت قديما لتحمي قبور المصريين القدماء من النهب والسرقة؟!

تلفت حسن حوله، ثم اقترب من عمار وقال له:

- من الواضح أنك لا تعلم الحادثة الأخيرة المتداولة بالقرية وما حدث مع "حسنية العايقة"، أصابتها لعنة الجن وأذهبت بعقلها ولم يعد لها رشدها حتى الآن!

استفهم منه عمار عمن هي حسنية، وما علاقتها بلعنة جن مقابر الفراعنة وما أصابها؟

أجابه حسن بالتفصيل:

- حسنية الجميلة، ليست من أهل البلدة بل هي من الغجر الرحالة تجوب الموالد للرقص وكسب العيش، ليست كأي فتاة في مثل عمرها، تضج بالأنوثة والإغراء، جسدها كعمود رخامي من ديوان كسرى وبياضها الممزوج بالحمرة كزهور الياسمين الخجلى، يتهافت عليها الرجال بمجرد طلتها في أي مولد للرقص والغناء، لكن هذه المرة انغرم بها "عطوة المصري"، ذلك الرجل الضخم مفتول العضلات كأنه ورث من الفراعنة هيبتهم وضخامة أجسادهم فصار سبعا في عرينه يخشاه الجميع،

كان عطوة حارسا بمتحف الأقصر، مر عمره دون زواج لاعتنائه بوالدته المريضة، لكن تلك الجميلة حسنية بدلت حاله بل قلبت كيانه ولم يكتف بأن يشاهدها كل ليلة في المولد، بل أراد أن يتزوج من تلك الأفعى الحسناء التي سلبت عقله وسحرت قلبه فسعى لطلبها للزواج لكنها طلبت منه مبالغ طائلة لتتزوجه، ابتلع حسن ريقه وهو يقص المشهد كأنما يراه يراه خاصة حين ذكر مفاتن حسنية ثم قال:

- اتفق عطوة مع حسنية على سرقة قطعة من مخازن متحف الأقصر غير المعروضة دون أن يشعر أحد، رسموا الخطة بمنتهى الإحكام على أن يقوموا بها في ليلة حراسة عطوة الليلية ونفذوا المخطط ببراعة بأدق تفاصيله.

في الصباح الباكر، لم يكتشفوا سرقة القطعة الأثرية بل وجدوا جثة عطوة المصري محترقة بشكل غريب واختفاء حسنية، وحين بحثوا عنها وجدوها في حالة هذيان كمن فقد عقله.

صمت عمار ولاح في ذهنه أمر ما لكنه لم يبح به لصديقه حسن، فقد فاحت رائحة الطعام الشهي لخالته ولم يستطع مقاومتها، دعا حسن لمشاركته الطعام لكنه انصرف معتذرا بسرعة ولم يكمل جلسته واعدا عمار أن يأتيه في الغد ليكملا حديثهما.

انهمك عمار في تناول ألذ الأطعمة من يد خالته الماهرة في الطبخ، لكن ما أعطى الطعام مذاقا حقا هو حبها وحنانها، لم يستطع أن يقاوم شهيته فملأ بطنه حتى غلبه النعاس لكن خالته أعدت له كوباً من الشاي بالنعناع البلدي الذي لم يذق مثله في كل المدن الذي جابها.

جلست خالته تحاول إقناعه بالذهاب لرؤية تلك الطبيبة الجميلة علها تصير من نصيبه، لم يهتم لحديثها لكنها لم تيأس، قررت أن تلجأ لحيلة ذكية لتجمع بينهما، فبعد أن دخلت غرفتها لترتاح قليلا وقت القيلولة، خرجت تصيح وتولول من شدة الألم الذي أصابها في بطنها، حاول عمار تهدئتها ووصف لها بعض الأدوية المسكنة، لكنها لم تستجيب وزادت شكواها، طلبت منه الذهاب لأقرب مشفى، لكن لم يكن هناك مشفى قريب سوى الوحدة الطبية القريبة لمنزلهم، طلبت خالته أن يصحبها لهناك لعلها تكمل فحوصاتها وتعرف سبب الألم بالأشعات والتحاليل المطلوبة.

رغم عدم اقتناع عمار بالوحدة الصحية وإصراره أن يأخذها لمشفى المركز، لكنه لم يستطع إثناءها عن رأيها ورافقها لهناك.

بعد نصف ساعة من الانتظار لقدوم الطبيبة، سمحت الممرضة لهم بالدخول، عرفت الطبيبة أعراضها وكتبت لها على بعض الأدوية، لكن عمار اعترض عليها وعلا صوته قائلا:

- كيف لطبيبة دارسة ومتعلمة أن تكتب بعض الأدوية دون سؤال المريضة عما تناولته؟ هذه المريضة تناولت العديد من المسكنات دون جدوى، ومطلوب عمل فحوصات وأشعة لمعرفة ما سبب مرضها؟

نظرت له الطبيبة باستهزاء:

- كيف تنتقد عملي؟ أنا أعلم به منك، ثم من سيادتك لتعلمني ما أفعله؟!

رد عليها بهدوء:

- لديك كل الحق، الطب مهنة لا يفتى فيها، عموما سأنصرف أنا وخالتي وشكرا لك.

حاولت خالته تهدئة الوضع، فأخبرتها قائلة:

- هذا عمار ابن أختي طبيب بالقاهرة واستشاري حصل على دكتوراه من الخارج، ولا داعي لحدوث شجار فقد صرت أفضل حالا الآن ولست في حاجة لأي فحوصات.

احمر وجه الطبيبة من الإحراج، توردت وجنتاها لتزيدها جمالا، رفعت نظارتها الطبية لتجفف عرقها الذي تصبب على جبينها، عيناها الجميلتين كعيون المها جذبت انتباه عمار وتناسى غضبه.

اعتذرت الطبيبة بعد أن استوعبت الموقف، لكن عمار اصطحب خالته وانصرف مسرعا بعد أن فهم الحيلة التي فعلتها خالته معه، لم يعاتبها فلم يكن لديه وقت لذلك.

فور وصولهما المنزل، وجد صديقه حسن ينتظره بالخارج ليذهب معه كما أراد لتلك المدعوة حسنية.

سار عمار مع حسن بجوار حقول القصب يتجاذبان أطراف الحديث، يتنفسان هواء العصاري النقي الذي افتقده عمار حتى وصلا لبيت قديم من الخشب على أطراف حقول القصب بدا كخيال المآتة بهيئته الخاوية أو كأنه حارس للقبور التي تقع خلفه.

توقف عمار صامتا وتقدم حسن يطرق الباب بحرص، فتحت الباب امرأة شعثاء الشعر متسخة الوجه وبالية الثياب، لم تنطق بكلمة لكنها حدقت فيهما بخوف، ثم حاولت إغلاق الباب مرة أخرى، لكن حسن أشار بيده بكيس بلاستيكي به بعض الأطعمة، جذبته منه بسرعة وأسرعت للداخل تاركة الباب مفتوحا، دخل حسن ثم تلاه عمار ليجدها جالسة على الأرض تأكل ما بداخل الكيس كوحش كاسر وجد فريسته.

جلس عمار ينظر لحسنية متفحصا في ملامحها مندهشا، كيف لأنثى جميلة كما وصفها حسن أن تصير بذلك الشكل المزري، كمتشردة تتسول فتات الأطعمة، حاول أن يتجاذب معها أطراف الحديث لكنها لم تكن تسمعه في البداية لذلك حاول بهدوء أن يجذب انتباهها بأن أعطاها بعض الحلوى والفاكهة التي أحضرها معه، اطمأنت له، حاول أن يسألها عن "عطوة" قائلا:

- ماذا حدث لحبيبك عطوة؟ هل كان يحبك حقا وضحى بحياته لأجلك؟

صمتت قليلا ثم ضحكت ضحكة هستيرية قائلة:

- لقد أخذوه، كنت أعلم ما سيحدث فلقد أخبرته به الليلة السابقة لكن عطوة لم يصدق حديثي حين طلبت منه ارتداء ملابس لا تحترق.

اندهش عمار وسألها:

- من أخبرك هذا؟ هل هو صديق لك أخبرك بما سيحدث؟

ترددت حسنية قليلا ثم ردت بحذر بعد أن تلفتت يمينا ويسار، قائلة بتلعثم واضح في حروفها:

- لا، لم يخبرني بلسانه، بل سمعت صوته بداخلي وهو يلوم نفسه على قتله.

اندهش عمار وتذكر أنه سمع تلك الكلمات من قبل، عصر فكره ليتذكر ثم أخرج لفافة التبغ خاصته وقداحة ليشعلها، ابتعدت حسنية مذعورة فأشار له حسن أن يكفي ذلك القدر من الحديث معها خوفا من إثارة ريبة أهل البلدة من حولها.

انصرفا سويا ليعودا من حيث أتيا، لكن هذه المرة ظل عمار صامتًا لم ينبس بكلمة، تكالبت الأفكار في رأسه حتى كاد أن ينفجر، أما حسن فلجأ للصمت حين رآه بهذا الشكل، لكنه لم يفهم حديث حسنية وظن أنها مجرد هلاوس الجنون الذي أصابها.

عند وصولهم لمنزل خالة عمار، انصرف حسن تاركًا عمار في أفكاره المزدحمة تملأ رأسه بالتساؤلات كنقيق الضفادع حول ترعة البلدة.

الفصل الثالث

تساؤلات

جلس عمار وحده في شرفة المنزل ورأسه لا تحتمل كم الأفكار التي تراوده بعد لقاء حسنية كأنها خلية نحل تطن برأسه، لكن ما أراحه قليلا أنه وجد خالته نائمة حين عودته، نهض ليصنع قهوته المفضلة وأحضر مفكرته ليحاول ربط الأفكار ببعضها.

فتح المفكرة، وجد كلماته عن زاهر مدونة فيها، ذلك المريض الذي زاره في عيادته ومات منتحرًا لكن ما أدهشه أن تلك الكلمات تتطابق مع كلمات حسنية تمامًا كأنما تُنطق على لسان نفس الشخص، ارتاب عمار مما استنتجه ولم يستوعب الأمر لكن ورد إلى ذهنه أن يحادث ضابط التحقيق ليعلم ما وصلوا إليه بخصوص مقتل زاهر، جاءه صوت الضابط ضعيفًا لضعف شبكة الهواتف في البلدة قائلًا:

- مرحبا بالطبيب عمار، كنت سأحدثك عن قريب لتَطّلِع على تقرير تشريح الجثة.

بادره عمار مستفهما:

- هل اتضح شيء في نتيجة التشريح؟

رد الضابط بصوت يملأه الإثارة والدهشة:

- ستندهش حين تعلم أنهم وجدوا أثر غريب بجسده، فهو رغم أنه سليم ظاهريًا لكنه بدا كالمحترق من الداخل كأنما تناول نارًا من فمه أحرقت كل أعضائه.

فتح عمار فمه من الاندهاش، فهو لا يعلم عن أي مادة كيميائية تحرق الجسد من الداخل دون ظهور أثر من الخارج، لكنه وعد الضابط أنه سيعود للقاهرة في وقت قريب، لن يستطيع المجئ حاليا؛ لأنه ببلدته في الصعيد ليرعى خالته المريضة.

تفهم الضابط كلامه وأكد له أنهم ليسوا في حاجته حاليا، وأكمل قائلًا:

- سأبلغك إن تم طلبك في تحقيق النيابة، لكن حتى الآن لا جديد سوى إعادة عرض تقرير التشريح على لجنة متخصصة في الطب الشرعي.

شكره عمار على تفهمه وسعة صدره، ودون ما سمعه في المفكرة عله يفيده في تساؤلاته التي لا تنتهي، جلس يحاول ربط حبل الأحداث ببعضها البعض، كلما فك عقدة تعقدت غيرها، كأنها شبكة عنكبوت تتخلل بعضها البعض رغم تباعدها.

سأل نفسه:

- ما هو السر وراء كلماتهم المبهمة، وما علاقة مريض زاره بعيادته في القاهرة بتلك المرأة التي أصيبت بالجنون بعد احتراق حبيبها أمام أعينها بلعنة الفراعنة كما يدعون؟ وهل حقا هناك ما يسمى بلعنة الفراعنة أو كما يقول أهل الصعيد حارس من الجن لمقابر الفراعنة؟ أم أن هناك ما وراء ذلك؟

أمعن التفكير فيمن يخاطب عقولهم بأحداث قد حدثت أو تحدث، هل هي هلاوس أم مرض نفسي أم جزء من واقع؟ لكنه قرر أن يحاول دراسة الأمر من زوايا مختلفة ويقيم عليه بحثه القادم في الطب النفسي، لكن قطع حبل أفكاره استيقاظ خالته من نومها ومحاولتها الحديث معه بعد الموقف المحرج الذي تعرض له في الوحدة الصحية.

أعدت أكواب الشاي بالنعناع الذي يفضله وجلست بجواره تحاول الحديث معه، نظر لها وهو غاضب قائلا:

- هل وصل بكِ الحال أن تدعي المرض لكي أرى تلك الطبيبة الحمقاء يا خالتي؟

حاولت الخالة تهدئته قدر الإمكان، وأخبرته بلطف:

- ما رأيك فيها، أليست جميلة؟

استفزه الحديث أكثر فحاول كبح جماح غضبه:

- يا خالتي، أرجوكِ لا تجبريني على المغادرة بسرعة من البلدة بسبب إلحاحك عليّ للزواج، فهذا الأمر مؤجل من تفكيري حاليا لحين الانتهاء من أبحاثي لنيل درجتي العلمية.

نظرت له الخالة بحنو الأم:

- هل ستظل بتلك الدراسة التي سلبت عمرك؟

احتضنها بين ذراعيه ووعدها أنه حين يشاء القدر سيلتقي بمن يخفق لها قلبه ويتزوجها أيا كان المكان والزمان، لكنها طلبت منه على الأقل أن يعود لتلك الطبيبة ويوضح لها ما حدث بشكل لطيف منعا لإحراج خالته فيما بعد، وعدها بذلك وأسرع بتركها ليخلد للنوم، فاليوم كان مليئا بالأحداث قبل أن تلح في طلبها بطريقة أخرى.

استيقظ عمار محددا ما سيقوم بعمله في الأيام القادمة بالبلدة فأجازته مجرد أسبوعين فقط ويجب عليه سرعة العودة لعيادته ومرضاه، اتصل بصديقه حسن ليقابله لكنه تحجج بانشغاله برحلة عمل مع الشركة الذي يعمل بها ذلك اليوم ولن يستطع أن يصحبه لحسنية مرة أخرى، نصحه ألا يشغل باله بها ويعود لعمله بالقاهرة.

قرر عمار أن يغير وجهته وتوجه للمتحف الذي كان به عطوة كحارس قبل موته، في طريقه مر على الوحدة الصحية إرضاءً لخالته فوجد تلك الطبيبة تتحدث مع أحد المرضى، انتظر حتى انتهائها ثم ألقى التحية عليها، بمجرد أن رأته احمر وجهها وطأطأت رأسها خجلا قائلة:

- أعتذر لك، فلم أكن أعلم أنك طبيبا بتلك الدرجة العلمية الرفيعة، وفي الحقيقة هي المرة الأولى التي أراك فيها بالبلدة أما سبب غضبي في الحديث أن أغلب أهل البلدة حاليا يلجؤون للطب الشعبي والوصفات العشبية دون علم.

ابتسم عمار، وقال:

- لا عليكِ، غادرت البلدة منذ سنوات لأكمل دراستي بالخارج، كما أنه بحكم عملي استقر الحال بي في القاهرة لكني أزور البلدة على فترات للاطمئنان على خالتي.

رحبت به وشكرته على حسن تفهمه، لكنه استغل الفرصة وباغتها بسؤال عن جثة عطوة وحالة حسنية وهل لديها معلومات عن ذلك الحادث، فاحتارت قائلة:

- هل تقصد عطوة ابن خالتي؟!

رد مندهشا:

- أقصد عطوة حارس مخزن الآثار، هل هو قريبك؟

ردت الطبيبة أمل بحزن وأسى:

- نعم، ومنذ وفاته بتلك الصورة البشعة وخالتي في حالة يرثى لها.

اندهش من الصدفة، حاول أن يستغل الفرصة ليعلم أكثر عن الحادث، لكنها قصت عليه نفس قصة صديقه حسن، بل أضافت أن السبب هي تلك المدعوة حسنية التي جذبت عقله، تلونت كحرباء تغويه ليحقق لها الثراء السريع، كما أكملت قائلة:

- إن عطوة لم يكن لديه سوى أمه، كل ما اكتسب من رزق كان معها لكن حسنية منذ معرفته بها أجبرته أن يسحب كل النقود التي ادخرها مع والدته لإرضائها، لم تكفها فوسوست له بسرقة بعض آثار المتحف مدعية أنها تعرف تاجرا سيبتاع تلك الآثار بآلاف الجنيهات.

أنصت عمار لحديثها، ثم سألها:

- وهل أحد آخر كان يعرف بالأمر؟

ترددت برهة من الوقت ثم أجابت:

- قد تكون خالتي أم عطوة قد علمت بنيته، لكنه لم يستجب لنصحها فتلك الأفعى المتلونة حسنية لم تتركه بحاله، ظلت تلح على عقله كالبومة حتى أودت بحياته.

حاول عمار أن يستفهم كيف احترق عطوة لكن أحد المرضى دخل للكشف عند الطبيبة فقطع حديثه وهم بالانصراف واعدا الطبيبة بلقاء آخر يكملان فيه الحديث.

انتصف النهار وعمار قد توجه للمتحف ليعرف المزيد عن ذلك الحادث، لكن للأسف وجده مغلق اليوم للترميم حاول أن يلتقي بالحارس الموجود، شاب أسمر اللون طويل القامة، من الحديث معه تبين أنه حديث التعيين بالمتحف بعد وفاة عطوة ولا يعلم شيئا، لكنه أخبره أن يأتي في الغد لأن مدير المتحف سيكون متواجدا لمتابعة الترميمات.

اشتد حر الظهيرة، لم يتحمل عمار أن يظل به، عاد مسرعا للمنزل عاقدا النية أن يأتي في الصباح الباكر لمقابلة مدير المتحف، كما أنه أراد العودة عن قريب ليكمل حديثه مع تلك الطبيبة عله يعلم أكثر عن الأحداث.

فور وصوله للمنزل لم يهنأ بلحظة هدوء بعد أن انهالت عليه خالته بالأسئلة عن أين يذهب كل يوم؟ وهل تحدث مع الطبيبة؟ الكثير والكثير من الأسئلة، لم يخلصه منها سوى أن قص لها ما حدث في الوحدة الصحية وكيف اعتذرت الطبيبة عن جهلها بهويته، ابتسمت الخالة ودعت له بصلاح الحال ونهضت لتعد له الشاي حتى ينضج طعام الغداء متمنية في قرارة نفسها أن يرزقه بزوجة تهتم به وتُطمئن قلبها عليه.

الفصل الرابع

سر البردية

استيقظ عمار مبكرا واتصل بحسن ليلقاه خارج المنزل، ارتدى ثيابه وسار بهدوء حتى لا يوقظ خالته ثم انصرف مسرعا، خرج من المنزل ليجد حسن في انتظاره ليذهبا سويا للمتحف كما اتفق معه بالأمس، لكنه في طريقه جذبته رائحة الفلافل الشهية التي أعادته لأيام طفولته فاقترح عليه حسن أن يتناولان الإفطار سويا عند عم خليل ـ الأشهر بالبلدة ـ وفعلا شهد عمار أنه لم يتذوق مثلها بحياته حتى شعر كأنه عاد طفلا صغيرا يفطر كل يوم مع أصحابه قبل المدرسة، وأثناء جلوسهما هناك، نهض حسن مسرعا، أمسك برجل أمامه وطرحه أرضا ثم أوسعه ضربا، لم يعرف عمار ما يحدث لكنه سرعان ما فر ذلك الرجل وعاد حسن لمقعده يلعنه ويسبه، سأله عمار عن ذلك فأجابه:

- ذلك الرجل من المحتالين، حصل مني على مبلغ كبير واختفى بعد ذلك.

حاول عمار أن يفهم أكثر:

- فيمَ احتال عليك ذلك الرجل؟ ولمَ أعطيته مبلغ كبير وأنت لا تعرفه حق المعرفة؟

رد حسن:

- إنه موضوع يطول شرحه لكني سأحاول قصه باختصار، منذ سنتين تقريبا، جاء ذلك الرجل للبلدة مدعيا أنه يعلم مكان خبيئة فرعونية، كما أنه يعلم شيخا يستطيع إبعاد جن المقبرة الفرعونية لنستطيع الحصول عليها لكنه طلب الكثير من المال لاستخراجها،

وحين حاولت معرفة كيف عرف مكانها، ادعى وجود بردية أثرية ورثها من أبيه لكنه كان على خلاف معه ولم يستطع الحصول عليها إلا بعد وفاته، وطبعا مع هوس الآثار المنتشر في البلدة حاول أكثر من شخص الحصول على البردية لكنه بالغ في ثمنها.

سأله عمار مندهشا:

- وما دخلك أنت بالأمر، كنت أظنك لا تُدخل نفسك بتلك الأمور؟!

رد عليه حسن بنبرة حزن وأسى:

- لست أنا، بل عمي الأصغر اتفق معه على أن يبيع له أرض العائلة التي ورثها عن جدي مقابل البردية، حين علمت بالأمر جن جنوني وحاولت الحصول على عقد الأرض قبل أن يعلم أبي بما فعله عمي وأعطيته مبلغا كبيرا من المال للحصول على العقد.

قاطعه مستفهما:

- وماذا بعد؟ هل فعلا البردية خريطة لخبيئة فرعونية؟

ضحك حسن مجيبا على سؤالي:

- لقد كانت مكتوبة باللغة الهيروغليفية القديمة، وحين فك عمي رموزها، اكتشف أنها تؤدي لمكان قبو المتحف ومن الصعب أن نصل إليه، حاولنا إعادتها واسترداد أموالنا لكن دون جدوى، فهذا المحتال قد اختفى من كل البلدة، على الأغلب سافر بأموالي لخارج البلاد وتلك هي المرة الأولى الذي ظهر فيها، قد يكون في عطلة لزيارة أهله لكني لن أتركه، حاول عمار تهدئة حسن ثم نهضا من ذلك المطعم ليلحقا بالمتحف كما خطط عمار.

وصل عمار وصديقه حسن للمتحف الأثري بالبلدة، حاولا مقابلة مدير المتحف الذي جاء اليوم ليباشر أعمال الترميم والصيانة، دخلا عليه المكتب ليجدا رجلًا اقترب عمره من الخمسين عاما، حفرت علامات السن دروبها في تجاعيد وجهه ويديه، ولَون الشيب شعره بسلاسل فضية، استقبلهم بحفاوة وترحيب.

جلس عمار وقدم نفسه على أنه طبيب نفسي يدرس تأثير الحضارة الفرعونية على نفسية القانطين بمناطق أثرية، ورغم عدم استيعاب مدير المتحف لما قاله عمار لكنه سألهم عن كيفية مساعدتهم، تطرق عمار لحادث الحريق الذي حدث في مخزن الآثار بالمتحف والذي وقع ضحيته الحارس عطوة، صمت المدير برهة ثم قال:

- إن عطوة حارس ليلي للمتحف منذ عشر سنوات، لم يسبق له أن حاول بيع ذمته لأحد لكنه منذ عرف تلك الغجرية حسنية وهو ليس على حاله، جاءني عدة مرات يطلب قرضا على راتبه، وحين لم يتمكن لصعوبة الإجراءات الإدارية أعطيته مبلغًا صغيرًا من المال ليعينه ظنًا مني أنه لعلاج والدته المريضة، لكن حين تكرر طلبه وعلمت ما وراءه لم أعطه نقودا مرة أخرى حتى تلك الليلة المشئومة الذي ذهب ضحيتها.

بادره عمار:

- وهل علمتم سبب نشوب الحريق من التحقيقات؟

أجاب المدير بهدوء:

- السبب أن ذلك المدعو عطوة هو وحسنية حين دخلا المخزن ليلا بعد أن فصلا التيار الكهربائي،

ظنّا أنه تم فصل تمام الكهرباء عن المكان، لم يعلما بوجود خط كهرباء للطوارئ وأمسكا بشعلة لتنير لهما المكان في الظلمة، لكنهما فوجئا بأصوات الإنذار وضوء الطوارئ، ارتبك عطوة وسقطت منه الشعلة بجوار مفتاح الكهرباء ليحدث ماس كهربائي ويحترق عطوة أمام حسنية التي لم تستطع إنقاذه، وفرت هاربة بعد أن فقدت عقلها.

سأله عمار:

- هل الكاميرات لم تسجل ما حدث؟

فأجابه:

- إن ما عرفناه كان عن طريق الكاميرات لكنها توقفت على إثر الحريق فلم نتبين ما حدث بعد ذلك.

شكره عمار وحسن وهما بالانصراف في اتجاه العودة، لكن عمار طلب من حسن أن يتركه بالقرب من الوحدة الصحية لأن وراءه مهمة عاجلة هناك، وفعلا انصرف حسن حتى لا يتأخر عن عمله وأكمل عمار طريقه للوحدة الصحية.

كان الجو حارا ذلك النهار، فأحضر بعض العصائر المثلجة من أقرب محل للوحدة الصحية، ودخل يسأل عن الطبيبة أمل، وجدها بمكتب الكشف والمتابعة هي والممرضة المتواجدة دوما هناك بعد أن أهداهما تلك العصائر المثلجة.

جلس بعد إلقاء التحية محاولا جذب الحوار مع الطبيبة أمل لاستكمال حوارهما السابق، لكن ازدحام المرضى لم يمكنه من الحديث فطلبت منه الجلوس باستراحة الأطباء لحين الانتهاء من وقت عملها خلال نصف ساعة وحضور زميلها في الفترة المسائية.

جلس عمار شاعرا بالملل بتلك الغرفة المغلقة كئيبة المنظر، كأن جدرانها أشباحا تخنق أنفاسه، بدأ يزيد عرق جبينه وارتعاشة يديه، شم رائحة عطنة تثير الاشمئزاز ذكرته بتلك الغرفة التي كان يحبسه أبوه وحده بها حين يخطئ وكيف كان ذلك مؤلما، أخرج مفكرته ليدون باقي ملاحظاته التي سمعها من مدير المتحف عله يستطيع ربط الخيوط ببعضها ويبعد عنه ملل الانتظار والقلق.

قطع حبل أفكاره مجيء الطبيبة بعد انتهاء فترتها الصباحية، دعته لفنجان قهوة ليكملا حديثهما، أطلعها عمار عما سمعه من مدير المتحف، وطلب منها زيارة خالتها أم عطوة لكن الطبيبة باغتته بسؤال مفاجئ:

- معذرة أيها الطبيب، ماذا يعنيك بحادث مثل ذلك في قرية صغيرة، وأنت طبيب مشهور أكمل دراساته في الخارج وله عيادة معروفة بالقاهرة؟

ابتسم عمار، فأجابها قائلا:

- كنت أنوي إخبارك فيما بعد لكن بما أنك بادرت بالسؤال سأجيبك الآن.

منذ سفري للخارج بدأت بحث عن توارد الأفكار عن بعد، وهل يؤثر على سلوك الإنسان وتصرفاته، كما أني لاحظت اهتمام الأجانب بحضارتنا الفرعونية أكثر منا كمصريين لدرجة تفوق الخيال، وحين قدومي البلدة وجدت تعلق الأغلبية هنا بفكرة الثراء السريع واكتشاف الآثار بالمباني القديمة، حاولت من خلال تواجدي بتلك العطلة استكمال بحثي ومحاولة استقصاء الحقيقة لأصل لنظرية تلح على تفكيري.

اندهشت الطبيبة لعمق تفكيره الخارج عن المألوف هنا بمصر، من الواضح تأثره بالفترة التي قضاها بالخارج وأنها فتحت له آفاقا جديدة، ابتسمت ابتسامة حماس وأومأت برأسها قائلة:

- يسعدني أن أساعدك بذلك البحث إن أردت، أنا مهتمة بالطب النفسي وودت لو يمكنني التخصص به لكن ببلدتنا لن تجد من يقتنع به أو يفهمه؛ فالأغلب يرجع أي مرض نفسي لأسباب كالحسد والشعوذة ولا يذهبون للطبيب إلا في الحالة العضوية فقط.

رد عليها عمار قائلا:

- صدقتِ، فنحن نحتاج لسنوات كي نغير تفكير مجتمع بأكمله وليس بلدة فقط.

لم تستطع الطبيبة أمل إخفاء نظرات الفضول الذي اعتراها أثناء حديثها مع الطبيب عمار، شخصيته واهتماماته تتوافق مع ميولها جدا لدرجة أنها وافقت على طلبه في الحال بالتوجه لزيارة خالتها أم عطوة.

الفصل الخامس

الخالة أم عطوة

اتجه عمار وأمل لمنزل خالتها أم عطوة، ورغم بعد المكان عن الوحدة الصحية لكن انقضى وقت الطريق في الحديث عن ذلك البحث الذي استهوى أمل جدا، وتمنت لو أكملته مع الطبيب عمار.

وصلا لمنزل الخالة، بدا منزل قديم نوعا ما من طابق واحد كأغلب البيوت هناك، دخلت أمل وحدها أولا لتخبر الخالة بقدوم ضيف معها وجاءته بعد قليل تأذن له بالدخول.

دخل عمار غرفة الخالة ليجد سيدة مسنة عاجزة عن الحركة تجلس بفراشها القريب من النافذة لتشاهد المارة من وراء زجاجها كناقة مسنة بركت بعد عناء السير بصحراء قاحلة، حفر الزمن طريقه بتجاعيد وجهها وارتعاشة يديها كما أكمل حزنها موت ابنها عطوة كأنه جاء ليسطر السطر الأخير في ملحمة معاناتها، ابتسمت ابتسامة خفيفة حين شاهدت عمار وطلبت منه الجلوس، رحبت به بعد أن أخبرتها أمل أنه زميل لها كان مسافراً خارج البلاد وجاء ليقدم لها واجب العزاء في موت عطوة.

شعر عمار بارتياح غريب لتلك السيدة كأنها من عائلته، أشفق عليها لما أصابها وحاول أن يتجاذب معها أطراف الحديث قائلا:

- رحم الله عطوة لم يكن له باع في تلك الطريق لولا حلم الثراء والزواج من حسنية.

ردت عليه الخالة بنبرة أسى:

- كم نصحته بالابتعاد عن ذلك الطريق، لكن منذ عرف حسنية وهو لا يترك جنيها واحدا إلا وينفقه عليها، وما أدخل الأمر في رأسه ذلك الرجل الذي جاءه قبل وفاته بأسابيع يعرض عليه مبلغ كبير من المال مقابل استخراج الخبيئة من قبو المتحف.

دهش عمار لما سمعه منها وتذكر ما حدث صباحا مع صديقة حسن بشأن البردية والخبيئة، صمت قليلا ثم باغتها بسؤال:

- هل تعرفين شيئا عن ذلك الرجل يا خالتي؟

ردت بحزن:

- يا ليتني لم أعرفه ولا دخل دارنا، لكنه من طرف حسنية اللعينة، هي التي أحضرته ليغوي عطوة بسرقة قبو المتحف، ويا ليته ما فعل!

هدأت أمل روع خالتها التي بدأت بالبكاء والنحيب على عطوة، وأنها لم يعد لها دخل بعد وفاته، حاول عمار أن يطمئنها، أخبرها أنه يعرف ابنها عطوة منذ الطفولة وسيتكفل بها ولن يتركها لكنها شكرته بتعفف قائلة:

- الحمد لله على كل حال يا بنيّ، الأمر ليس مالا فقط، يكفي وجود قلب طيب كأمل تتكفل هي وأمها بقوتي اليومي، لكنها الوحدة بعد فراق ابني عطوة، أجلس بالأيام لا يطرق بابي زائر يطمئن على أحوالي، شكرها عمار واعدا إياها أن يزورها كلما نزل البلدة قدر استطاعته، وأشار لأمل لينصرفا من عندها وقلبه منفطر عليها.

انصرفا في الحال وشكر عمار أمل على اصطحابها له في تلك الزيارة التي أرجعته لحنينه لأمه المتوفية حين رآها فشعر منها بحنان غامر.

استأذنت منه أمل أن تتركه لتأخرها وتعود لمنزلها القريب من الخالة، أوصلها عمار وعاد من حيث أتى ليعود لمنزل خالته التي أعدت له أكلة الويكا الصعيدية التي يعشقها من يديها.

جلس مع خالته يتسامر معها وجاء الحديث عن أم عطوة فسألها:

- هل تعرفيها أو قابلتيها من قبل؟

أخبرته خالته أنها تعرفها منذ زمن وأنها كانت في شبابها تعمل على حياكة الملابس، بل كانت من أمهر من يعمل بها، لكن مع تقدم العمر لم تستطع إكمال عملها في هذا المجال، ظل اعتمادها على راتب عطوة حتى وفاته في الحادث المعروف، أصبحت أم عطوة بلا دخل سوى مساعدات بعض أقاربها.

استأذن عمار خالته في الدخول لغرفته ينال قسطا من الراحة، ولكن كيف يرتاح جسده وروحه حائرة في كل ما سمعه، قرر أنه يجب عليه زيارة حسنية من جديد لعله يستطيع أن يجد خيطا وراء ما حدث.

استيقظ عمار في الصباح واتصل بصديقه حسن ليتناولا الإفطار سويا بنفس المطعم السابق وبالفعل قابله في أقل من ساعة هناك، حاول عمار أن يعرف من حسن مصير البردية، وهل حاول أحد الوصول للمكان أسفل قبو المتحف.

اندهش حسن من السؤال ولاهتمام عمار بذلك الشأن، فرد ساخرا:

- أراك يا صديقي تركت الطب وصرت مجذوبا بالآثار تلهث وراء أسرارها!

لكن عمار تحدث له بجدية:

- ليس ذلك هو المغزى، لكني أعتقد ان دخول عطوة قبو المتحف لم يكن لسرقه المخزن كما ظننا لكنه كان بحثا عن كنز القبو كما ذكرت البردية.

اندهش حسن وسأله:

- كيف علمت ذلك أيها الطبيب الذكي؟

رد عمار بتعجل:

- فلننهض للذهاب لحسنية أولا وستعلم كل شيء في الطريق.

أثناء سيرهما، قص عمار على حسن كل ما حدث، وشرح له شكوكه التي ستتأكد بعد مقابله حسنية، أحضرا بعض المأكولات والأشربة لها في الطريق ووصلا لبيتها، كان كئيبا كما تركوه كشبح يقطن بين الحقول، أما حسنية تلك المرة كأنها كانت تنتظرهما بجوار الباب وبمجرد دخولهما بحقائب المأكولات انقضت عليها تأكلها في نهم كوحش جائع تركوه دون طعام لأيام، وبعد ان امتلأت بطنها وهدأ روعها سألت بتوجس:

- ماذا تريدان مني؟

نظر لها عمار بشفقه على حالها التي وصلت اليه قائلا:

- نريد أن تشفي مما أنتِ فيه وسنساعدك على ذلك، لكن ساعدينا وساعدي نفسك.

نظرت له وهي تائهة لا تفهم ما يقول، لكن عمار أكمل حديثه قائلا:

- من هو تاجر الآثار؟ وكيف تعرفتي عليه؟

لكنها لم تجب، وظلت تنظر له في شرود، أخرج من جيبه قطعة من الشوكولاتة، فتهلل وجهها كالأطفال والتقطتها على الفور، ثم ضحكت قائلة وهي تشير لحسن:

- هو وسالم السبب لكني سأقتلهما.

لم يفهم عمار حديثها، لكنه حاول استدراجها لتحدثه أكثر فقالت:

- سالم كان هنا، سالم أحرق عطوة، وأخذ كل شيء.

فسألها:

- من هو سالم؟

نظرت حسنية لحسن الجالس بعيدا عنها وانقضت عليه كقطة برية قائلة:

- لن أتركك، خذني لسالم سأقتله.

حاول حسن إبعادها عنه، ولعن تلك المجنونة وقال لعمار:

- لن أنتظر دقيقة واحدة مع تلك المجنونة، إنها تهذي، هيا بنا.

خرج حسن خارج المنزل، حاول عمار تهدئتها بعد تكرارها لعبارة:

- سأقتلك يا سالم أنت السبب.

فأخرجت من جيبها ورقة قديمة ممزقة بدت متهالكة، حاول قراءة ما عليها، كان مكتوب سالم بخط رديء، وتحت الاسم رقم هاتف غير واضح، أخذها عمار بجيبه بسرعة دون أن يلاحظ حسن الذي سبقه خارج المنزل.

أشار له حسن أن يكفي هذا القدر بدلا من أن يلاحظ أحد الجيران صراخها وتتسبب لهم في مشكلة، خرج عمار من منزل حسنية، فتنفس حسن الصعداء وقال لعمار:

- إنها سيدة مجنونة لا تعتد لحديثها، ويفضل ألا نذهب لها مرة أخرى، لتعد لعملك يا صديقي بالقاهرة، واترك كل تلك المهاترات بعيدا عن حياتك؛ فنحن اعتدنا على ذلك لكنك لن تتحمل ما ستراه بتلك البلدة.

لم يرق لعمار حديث حسن، خاصة عندما سأله هل يعرف من هو سالم، لكنه أنكر أنه يعرفه، وأكد أن تلك السيدة ذهب عقلها منذ وفاة عطوة حريقا أمام عينيها، لكن عمار لم يرد على حديثه وأكمل طريقه صامتا حتى عاد للمنزل.

تركه حسن ليلحق بعمله مقترحا عليه أن يحجز له تذكرة بقطار القاهرة في الصباح حتى لا يضيع وقته مع تلك المجذوبة التي فقدت عقلها.

الفصل السادس

العقار الغريب

لم ينم عمار ليلته يفكر في كل الأحداث، أخرج بحث قديم له يحاول أن يكمل ما وصل إليه وربطه بتلك الأحداث.

كان ذلك البحث بالاشتراك مع صديق له طبيب أمريكي حين جاءته مريضة بهلاوس سمعية وبصرية في المشفى تخبرهما عن أحداث غريبة لا تمت لها بصلة، وحين تحاورا مع أهلها لم يكن لهما علم بكل ما تقوله، وقتها حاول عمار اكتشاف ما سر حالتها هو وزميله، توصلا أن هناك من يخاطرها فكريا كأنه يتلبس عقلها ويحتله بتلك الأفكار بل أنه كمن يتحكم بها من بعد دون وعي، فتقوم بتصرفات غريبة غير مفهومة، حاول وقتها عمار الاستعانة ببعض الروحانيين وعلماء الطاقة والتواصل لتفسير تلك الظاهرة، لكنه لم يكمل بحثه حين جاء موعد عودته لمصر وتمنى لو أكمل ما بدأه بعد فترة من الوقت.

وبعد ما سجله عن حالة المريض زاهر الذي زاره في عيادته وانتحر بعدها، ومع كلمات حسنية عمن أخبرها بمقتل عطوة، شعر أن هناك رابط خفي بين تلك الأحداث.

تذكر لوهلة تلك الورقة البالية التي أعطتها إياه حسنية، أخرجها من جيبه وقرأ الرقم، حاول الاتصال به لكنه كان مغلقا فقرر أن يخلد للنوم بعد أن أعياه التفكير ليحاول مرة أخرى في الصباح.

في اليوم التالي، استيقظ على صوت خالته وهي توقظه أن صديقه حسن بالخارج، نهض من فراشه ليجده جالس ينتظره وبمجرد رؤيته قال له:

- عدت حالا من محطة القطار، ويوجد قطار للقاهرة في ظهيرة الغد، جئت لأخبرك كي أحجز لك تذكرة بسرعة قبل نفاذها.

رد عمار بتثاقل:

- لا تشغل بالك بأمر عودتي يا حسن، فحين أتمكن من العودة سأخبرك ولن أرهقك معي بعد ذلك، من الواضح أني عطلتك عن عملك.

رد حسن بخجل:

- لا تقل ذلك فأنت صديق الطفولة، كل ما في الأمر أني خشيت عليك من إهدار وقتك مع تلك المجذوبة وتترك مصالحك ومرضاك بالقاهرة.

شكره عمار وعرض عليه الجلوس للإفطار معه لكنه اعتذر لانشغاله بالعمل، أعدت خالته الإفطار وجلست أثناء تناوله تحاول أن تعرف ما أهمه، لكنه طمأنها أنه خلال يومين سينهي عطلته ويعود لعمله بالقاهرة ويريدها أن تصحبه لهناك بدلا من جلوسها وحدها بالبلدة.

قالت خالته بأسى:

- الوحدة أن تخرجني من وسط جيراني ومعارفي كسمكة أخرجتها من ماء البحر تصحبها معك فتزهق روحها، أنا لن أبارح منزلي ومنزل عائلتي، ولن أحيا دون من عشت عمري بصحبتهم، اذهب أنت لعملك ويكفيني زياراتك المتقطعة كل فترة لي كأنك ترد علي روحي التي تقلق عليك.

قبل عمار جبينها ودعا لها بالصحة والعافية ثم دخل غرفته يحاول إعادة الاتصال بذلك الرقم الذي أعطته له حسنية، وأخيرا رد عليه صوت رجل أجش، حاول عمار تمالك أنفاسه وقال بتردد:

- إن حسنية تريد أن تراك.

رد الرجل باندهاش:

- وماذا تريد تلك المجنونة، لم يعد بيننا ما نتحدث بشأنه.

أكمل عمار كلامه بثقة بعد أن شعر أنه يقترب من هدفه، وقال:

- تخبرك أنها ستحضر لك ما تريد وتنتظرك الأسبوع القادم يوم الأحد بعد الظهيرة.

سأله الرجل:

- من أنت؟ ولم لم تتصل هي بنفسها؟

رد عمار:

- تلافيا للشبهات؛ فالجميع يظنها مجذوبة فقدت عقلها بعد حريق عطوة.

أنهى المكالمة أنه سيحضر في الموعد. ارتاح عمار لما وصل إليه لكن جاءته مكالمة غيرت له كل خططه القادمة رأسا على عقب، فلقد اتصل به محقق الشرطة في قضية انتحار زاهر قائلا:

- أهلا أيها الطبيب، ظهرت نتيجة تحاليل الطب الشرعي لجثة الشاب، ونريد استكمال التحقيق معك في أسرع وقت.

وعده عمار أنه سيأتي في أقرب قطار لاستكمال التحقيق، قرر أنه لابد أن يعود للقاهرة ذلك الأسبوع حتى لا تتوقف أعماله ويذهب للمحقق كما طلب منه، هاتف صديقه حسن أن يحجز له موعد القطار في ظهيرة الغد،

كما اتصل بالطبيبة أمل ليبلغها بسفره المفاجئ ووعدته أن تتابع حالة خالته الصحية باستمرار لحين عودته.

أعد حقيبته وقضى الليلة مع خالته يتسامران عن ذكريات الطفولة كأنما عاد لمشاهد الطفولة من جديد ككتاب يرى صوره عن قرب، تذكر والدته وحلمها أن يكون طبيبا مشهورا، وكيف تحملت قسوة أبيه أثناء حياتها فتحسرت خالته عليها أنها دفنت شبابها معه لكي تضمن لعمار أفضل حال.

في نهاية تلك الليلة، ودع عمار خالته كي يخلد للنوم ليلحق بالقطار في الموعد، استسلم لنوم عميق راودته فيه أحلام غريبة متضاربة ظهرت فيها حسنية وهي تحاول الانتحار، كما حدث مع مريض عيادته، شاهد هدهد بجواره تحول لثعبان يلتف حوله ويزهق روحه، استيقظ مفزوعا ولم يستطع النوم مرة أخرى.

في الصباح، جاء حسن ليصحب عمار لمحطة القطار واطمأن عليه حتى تحرك القطار، كان الطريق بالقطار طويلا خلال الليل، لكنه بمجرد ظهور أشعة الشمس الخفيفة وقت الفجر، استمتع عمار بمناظر الطبيعة من نافذة القطار؛ خضرة الزرع اندمجت مع نسيم الصباح وقطرات الندى لترسم لوحة من الجمال يتناسى فيها همومه ومشاغله، قرر داخل نفسه أن يحقق حلمه بإقامة مستشفى نفسي في مكان صحي بكر كتلك الطبيعة الخلابة التي تريح النفس وتحيي القلب بالأمل.

أفاق عمار من ذكرياته على وصول القطار للقاهرة بعد أربعة عشر ساعة متواصلة، وصل عمار بيته منهكا من طول المسافة، فاتصل بمعاونه في العيادة يبلغه بوصوله ليعد جدول مرضاه ابتداءً من الغد، ثم استسلم باقي يومه لنوم عميق لم يفق منه إلا في صباح اليوم التالي حين استيقظ على هاتف معاون الشرطة يؤكد عليه موعد التحقيق.

الفصل السابع

التحقيقات

ذهب عمار للتحقيق في تمام الموعد، وقف متلهفا لمعرفة تقرير الطب الجنائي وسر ذلك المريض الغامض زاهر الذي ظل عالقا بذاكرته لم ينساه، جلس أمام المحقق وبمجرد بدء التحقيقات أعطاه المحقق تقرير الطب الشرعي بعد تشريح الجثة، أمسك عمار التقرير وقد فرغ فاه من كلماته وجحظت عيناه، المفاجأة صدمته ولم ينبس بكلمة فهو خارج توقعاته تماما؛ ملخص التقرير أن وفاة الشاب نتيجة لتناوله تركيبة غريبة من العقاقير المؤثرة على الحالة النفسية مخلوطة ببعض الأعشاب لكنه ليس دواءً متوفراً بالسوق المحلي، بادر المحقق بسؤال عمار:

- هل وصفت لذلك الشاب أدوية نفسية؟ وما تركيب ومسميات تلك الأدوية؟

رد عمار باندهاش:

- إن ذلك الشاب كما قلت سابقا جاء لي العيادة مرة واحدة، وكل ما كتبته له كان بعض المهدئات، حتى الوصفة الطبية مسجلة في ملف التحقيق من قبل عندما وجدوها مع المريض.

سأله المحقق مرة أخرى:

- وهل كنت تعرف المريض من قبل؟

أجاب عمار:

- لا، لم أعرفه، لكن ما لفت نظري حديثه عن جريمة قتل بالصعيد بكل تفاصيلها كأنه يراها.

باغته المحقق قائلا:

- لكن المريض على الأغلب يعرفك فهو من بلدة بالصعيد قريبة من بلدتك المذكورة ببطاقتك الشخصية.

اندهش عمار:

- لا أعلم عنه شيئا، ولم أجد الوقت الكافي لتشخيصه وعلاجه فهي الزيارة الأولى له بعيادتي، ولا أعلم شيئا عن تلك الأدوية الكيماوية التي تناولها لعلها وصفة قديمة من طبيب آخر ليس لي علاقة بها.

أغلق المحقق التحقيق مؤقتا مع عمار لكنه طلب منه مساعدتهم في معرفة معلومات عن تلك الأدوية التي تسببت في موته لأنها مهربة من الخارج وغير موجودة بالسوق المحلي، وعدهم عمار بمحاولة الاتصال بأكثر من طبيب يعرفهم بالخارج لمعرفة سر تلك التركيبة الدوائية القاتلة.

انصرف عمار وهو حائر مما سمعه، هل شاب كهذا انتحر بفعل تلك الأدوية أم أن أحدا تسبب بقتله، وكيف أنه يعرفني ومن قرية من الصعيد؟ما سره وما وراءه؟

لكنه حاول تناسي ذلك فالوقت اقترب من موعد عيادته، اضطر أن يسرع ليصل بالموعد لكنه أكمل يومه بين مرضاه بشكل روتيني دون شغف.

بعد انتهاء عيادته، حاول إجراء بعض الاتصالات الهاتفية مع زميله الأمريكي الذي ساعده في بحثه من قبل وسأله عن تلك التركيبة الدوائية الجديدة؟ كان رده عليه غريبا وأدهشه أكثر

حين قال:

- تلك التركيبة الدوائية ظهرت مؤخرا بين الشباب لتمكنهم من أفعال خارقة، لكنها أودت بحياة الكثيرين منهم، كان بعض من تلك الأدوية يوصف لمرضى الاكتئاب لكنهم وجدوا بعض المرضى حين يتناولون أكثر من دواء سويا لنفس المجموعة الدوائية تصل به لوساوس سمعية وبصرية تجعله يشعر بقوة هائلة، ينفذ ما يمليه عليه عقله وينسى ما فعله بعد ذلك، بل قد يودي بحياته دون أن يشعر، بعد انتحار أغلب المتعاطين للدواء،

تم سحب تلك المجموعة الدوائية في أمريكا، لكنها ظهرت بأوروبا وظلت تُتداول بين الشباب في الخفاء، خاصة حين اتخذها البعض بشكل جماعي في حفلاتهم وسهراتهم ليتمكنوا من تواصل أفكارهم سويا، وللأسف تحت تأثير تلك الأدوية تسلب عقولهم وينفذون ما يُطلب منهم دون إرادة أو تفكير.

اندهش عمار مما سمعه وشعر بالخطر، لكن كيف وصلت تلك الأدوية لداخل مصر وقد تم منعها حتى بالخارج، من المؤكد أنها تم تهريبها واستخدامها بشكل خطير.

أرسل عمار كل المعلومات التي حصل عليها للمحقق وأبلغه أنه سيحاول الحصول على معلومات أكثر يفيدهم بها، لكن ما شغل باله حسنية وما ألم بها، هل تعرضت هي أيضا لتلك الأدوية؟ أم أن ما حدث لها من هول الصدمة باحتراق عطوة أمام عينيها؟

كثرت التساؤلات بداخله، هل هناك ارتباط بين ذلك الشاب المنتحر وما يحدث في بلده من موت عطوة وجنون حسنية مع هوس الفراعنة الذي أصاب معظم أهل الصعيد؟

بحث عن طريق الإنترنت ليعرف أكثر عن لعنة الفراعنة والجن حراس مقابر الفراعنة، وهل هناك حوادث مشابهة، لكنه اقتنع بعد كم الاطلاع الذي قرأه أنها مجرد أسطورة، وقد يكون هناك من يستغلها لصالحه بشكل ما ليستخدم هؤلاء البشر في التنقيب عن الآثار ثم يتخلص منهم.

- اقتنع بالفكرة وقرر أن يعود بعد أسبوع مرة أخرى لبلده عله يكشف ما خفي هناك، لكن بعد أن يتابع مرضاه في العيادة وينهي أموره هنا.

أنهى عيادته وذهب لنفس المكان على النيل الذي يريح به أعصابه ويلقي همومه، ألقى برأسه للوراء يتنفس نسيم الليل يغسل به كل الضغوط التي شغل بها رأسه، تذكر كلمات خالته وهي تريده أن يتزوج وينجب أولادًا من صلبه، دار أمامه شريط طفولته وكيف أثرت عليه قسوة أبيه وجعلته يخشى أن يخوض تجربة الزواج والأولاد، كيف يتخيل الناس أن الطبيب النفسي الناجح فشل في علاج مخاوفه وعقدة طفولته، كيف يتخيلون أنه تراوده كوابيس شجار أبيه وأمه حتى حتى الآن. سأل نفسه:

- هل أحتاج لطبيب نفسي يعالجني وأنا الطبيب الذي يعالج نفوس الناس؟ هل ليس من حقي الراحة من كل ذلك؟

مرت عليه نسمة هواء شديدة البرودة شعر بقشعريرة تسري في أوصاله رغم أنه لا يزال بشهور الصيف، فآثر النهوض من المكان والعودة للمنزل للراحة.

مرت عدة أيام على عمار بشكل روتيني ما بين عمله ومرضاه، لكن ما فاجأه هو الاتصال الهاتفي من ذلك الرقم الذي اتصل به من قبل وأعطته له حسنية، فكر ماذا سيقول وكيف سيرد عليه فأغلق الهاتف وانهمك في عمله فاليوم مليء بالحالات النفسية المختلفة، بعد الكشف عليهم أعطاهم موعد للمتابعة بعد أسبوعين كي يتمكن من العودة لبلده مرة أخرى في نهاية الأسبوع.

بدأ يومه بمريض فصام وأنهاها بمريضة وسواس قهري حتى صار منهكا بدنيا ونفسيا، لكن ما هون عليه أنه سيأخذ راحة أسبوع من متابعة تلك الحالات كما اتفق مع طبيب ناشئ ممن تتدرب على يديه أن يتواجد في العيادة لو تطلب الأمر.

وجد رسالة على هاتفه من نفس الرقم يبلغه بتأكيد الموعد الأحد القادم ويطلب منه أن يجعل حسنية تعد المطلوب منها في الموعد، شعر بهاجس أقلقه أنه أقحم نفسه في تلك الجريمة وبعد تفكير وتمعن قرر أن يعد حقيبته للعودة مرة أخرى لبلده لكنه فضل أن يذهب في زيارة قصيرة قبل أن يعد حقيبته.

اتجه عمار صباحا لمركز الشرطة وطلب مقابلة صديقه المحقق لاستشارته في أمر هام، وبعد أن جلس معه حوالي ساعة قص له فيها العديد من الأمور، أجرى المحقق له العديد من الاتصالات بشرطة الأقصر وأخبرهم أنهم في انتظاره، هدأ بعض الشيء وعاد مسرعا ليعد نفسه للسفر من جديد.

لم يشعر بطول طريق السفر كما اعتاد، فهذه المرة يشتاق للعودة قد يكون شغف المغامرة أو الحنين لخالته، كما أنه اشتاق لشخص آخر لم يتوقع أن يهتم به؛ إنها الطبيبة أمل، فرغم جمالها المتوسط مقارنة بمن رآهم في رحلته بدول الخارج، لكن بساطتها واهتمامها ودفء حديثها أشعرته أنها من دمه وكأن بها لمحة من قلب أمه الذي اشتاق له فأغمض عينيه باقي الطريق حالما بلحظة الوصول.

الفصل الثامن

الصدمة

دقت الساعة الحادية عشر ظهرا حين دخل عمار بيت خالته فرحا بلقائها يحتضنها ويقبل يديها كما أعتاد أن يفعل، تهلل وجهها لرؤيته من جديد وكأنها أم وجدت ولدها المفقود، فعمار بالنسبة لها هو كل ما تبقى لها من عبق العائلة، رحل الجميع بوفاة واحد تلو الآخر وكثير من الأقارب نزحوا للقاهرة لظروف العمل وغيرها ولم يعودوا لزيارة أهل البلد إلا في المناسبات والأعياد.

طمأنته خالته على صحتها وأشادت بالطبيبة أمل التي اعتنت بها طوال الفترة الماضية، قرر أن يذهب ليشكرها بنفسه لحين أن تعد خالته طعام العشاء، وبالفعل توجه للوحدة الصحية ليجد الطبيبة الجميلة جالسة تحاور أحد المرضى، عندما رأته أخفت ابتسامة فرح على وجهها وأنهت حديثها مع المريض بسرعة واستقبلته بالترحاب، طلبت له قهوة وجلسا يتحدثان عن أحوال البلد بعد أن شكرها على عنايتها بخالته الأيام الماضية، تطرق للحديث عن الدواء الجديد الذي أودى بحياة البعض وقد انتشر بالخارج بدول أوروبا وأمريكا.

اندهشت الطبيبة أمل لما سمعته وتذكرت حالة جاءت بأعراض مشابهة منذ عدة أشهر ولاحظ عمار شرودها، فسألها قائلا:

- هل سمعتي عن ذلك الدواء من قبل؟

ردت باهتمام:

ـ لا، ولكني تعرضت لحالة مشابهة، سائق يعمل بشركة سياحية لنقل السائحين بين المعالم المختلفة في مدينة الأقصر، وقتها أخبرني أنه أصيب بالصداع المزمن وساعده طبيب ما يعمل معهم بالشركة ببعض الأدوية، لكنه بدأ يشعر بهذيان ونسيان، ثم بدأ يعاني من هلاوس سمعية وبصرية، ظننت وقتها أنها من تأثير درجة الحرارة واعتقدت أنه يبالغ وأن كل ما حدث له مجرد ضربة شمس.

أنصت عمار لحديثها محاولا ربط المعلومات ببعضها وطلب منها اسم السائق أو عنوانه، أجابته أنها لن تتذكر لكنها ستسأل ممرضة تعمل معها لأنها من قريته، قد تفيدها بمعلومات عنه ووعدته أن تبلغه هاتفيا بما عرفته. شكرها عمار مرة أخرى وانصرف مسرعا لبيت خالته بعد أن أجرى بعض الاتصالات الهامة، عاد للمنزل لكنه هذه المرة لم يبلغ حسن صديقه بقدومه، فحسن طبيب متنقل يتعاقد مع بعض الشركات ليعمل كطبيب خاص للعاملين فيها ولم يرد أن يشغله معه كالمرة السابقة، خاصةً حين شعر بعدم اقتناعه بمحاولات عمار لكشف الحقيقة.

دقت الساعة السابعة مساء يوم السبت وقد علا التوتر جبين عمار يفكر في الغد الحاسم وكيف يتصرف مع ذلك الرجل الذي سيزور حسنية دون أن يشعره بأي شيء، لكن ما قطع تفكيره اتصال هاتفي من الطبيبة أمل وبعد أن ألقت عليه التحية أبلغته بتوتر:

ـ حين تحدثت مع الممرضة عرفت خبرا صدمني فأسرعت لأبلغك إياه.

رد عمار في قلق:

ـ خيرا، ماذا حدث؟

أكملت أمل حديثها وهي تبتلع ريقها بصعوبة:

- إن ذلك السائق الذي حدثتك عنه مات بعد أن ألقى بنفسه من الطابق العلوي من منزله.

فوجئ عمار بالخبر وانعقد لسانه كأنه فقد النطق ولم يستطع الرد، لكنه أفاق من الصدمة على صوت أمل وهي تحاول أن تخفف من وقع الصدمة عليه، وتساءلت قائلة:

- هل معنى ذلك أنه تناول نفس العقار الغريب الذي أخبرتني عنه؟

فردَّ:

- من المؤكد ذلك، لكن كيف لم تحقق الشرطة في ذلك؟

أخبرته أمل بهدوء:

- إن أهله أخبروا الشرطة أنه كان مريضا نفسيا في الآونة الأخيرة، وكان يسمع صوتا يرغمه على فعل أشياء غريبة، وأنه حاول أكثر من مرة أن يلقي بنفسه بعد أن تم فصله من عمله وسوء أحواله النفسية.

استفسر عمار:

- ولماذا تم فصله من عمله؟

أخبرته أمل بصوت يملأه الشغف:

- ادّعوا أنه يتاجر بالآثار ويستغل السائحين ليبيعها لهم أو يخدعهم بقطع مزيفة، واستغل عمله كسائق بشركة السياحة ليروج لعمله.

صمت عمار قليلا فقد تشابكت الخيوط برأسه وكاد أن يصل لبداية اللغز، أحضر مفكرته وكتب بضع كلمات متفرقة:

"عقار جديد ـ آثار ـ هلاوس سمعية وبصرية ـ انتحار ـ طبيب ـ تاجر آثار ـمصدر أجنبي"

أغلق مفكرته وحاول النوم لكنه قاوم جفونه كأنه طائر الليل الحزين يصدح بآلامه وهمومه، جلس ينتظر أشعة الشمس لينهض من فراشه مسرعا يحاول أن يلحق بموعد هام قرر أن يذهب إليه.

نظر في الساعة فإذا بها الثامنة صباحًا فأعد قهوته الصباحية وتحرك ببطء كي لا يوقظ خالته وإلا سيعلق بشبكة من الأسئلة التي لا تنتهي مطلقا، وفي غضون ساعة تقريبا، كان الطبيب عمار أمام ضابط التحقيق بمديرية أمن الأقصر يبلغه بمعلومات هامة بعد أن اتصل بالمحقق في مقتل الشاب بالقاهرة ليبلغه أن لديه جديد قد يغير مجرى التحقيقات.

جلس الضابط يستمع لعمار وهو يقص بالتفصيل ما توصل إليه عن ذلك العقار الذي يؤثر على من يتعاطاه فيصير مسلوب الإرادة ينفذ ما تمليه عليه تلك الهلاوس السمعية التي يستمع إليها دون وعي بما يفعله، ذكر مقتل شاب القاهرة وسائق شركة السياحة بالأقصر، كما تطرق لموت عطوة وهذيان حسنية، وأعلم ضابط التحقيق الموعد الذي أخذه من تاجر الآثار الذي هاتفه بعد أن أعطته حسنية رقم هاتفه، رغم صدمة الضابط لما سمعه، ولولا توصية محقق القاهرة له هاتفيا لأعتقد أن عمار مجنونا يهذي ببعض الخرافات، وبعد عدة اتصالات مع رؤسائه واجتماع شمل عدة ضباط مع عمار توصلوا لخطة ليتم القبض على ذلك التاجر ومحاولة الوصول للحقيقة.

جاء الموعد واتجه عمار لبيت حسنية حسب اتفاقه مع ذلك التاجر، ولكن تحت مراقبة الشرطة بشكل خفي حتى لا يلاحظ أحد من جيرانها أي شيء يدعو للريبة.

أوشكت الشمس على المغيب حين وصل عمار للمنزل الذي بدا كشبح بين الأطلال، أحضر معه أكياس الطعام والحلوى لحسنية كعادته المرات السابقة.

لم يبذل عمار مجهودا في دخول المنزل، فلقد كان باب المنزل مفتوحا، اقترب عمار بحرص ودخل المنزل، لكن تلك المرة لم يجد حسنية على الباب تجذب منه الطعام، بحث عنها وهتف باسمها فلم يجد رد، جاب المنزل حتى وصل لغرفة مغلقة فتحها بعنف لصعوبة فتحها لكنه بمجرد أن دخل تلك الغرفة فرغ فاه من هول الصدمة، وجد جثة حسنية ممددة على الأرض كمن صعقتها الكهرباء.

الفصل التاسع

الحقيقة الكاذبة

ارتبك عمار حين رأى جثة حسنية، تلفت حوله عله يجد ذلك التاجر لكنه لم يجده، اتصل بقوة الشرطة التي كانت تراقبه من بعد، اقتحموا المكان وحاولوا العثور على أثر للتاجر لكن دون جدوى. اصطحب الضابط عمار معه للمكتب لمحاولة فهم ما حدث وتكفل باقي أفراد الشرطة بالتحفظ على الجثة وتقصي الأدلة.

جلس عمار أمام ضابط التحقيق وهو في حالة يرثى لها بعد أن رأى حسنية قتيلة أمامه، كان يتصبب عرقا وترتعش يداه، طلب له المحقق كوبا من الماء يهدئ من روعه ثم بدأ في سؤاله بهدوء عما حدث، ارتشف عمار قطرات الماء وتنهد بعمق محاولا أن يتحدث رغم احتباس صوته من الصدمة قائلا:

ـ اقتربت من مدخل منزل حسنية كما اتفقنا لمقابلة ذلك التاجر الذي حدثته بالهاتف لكني لم أجد أحدا، بحثت عن حسنية في كل مكان بالمنزل حتى وجدتها بتلك الحالة ملقاة على الأرض في غرفة مغلقة، بعدها حاولت البحث لأرى من فعل ذلك بها لكني لم أجد أثرا لأحد، فاتصلت بكم في الحال.

طلب المحقق منه رقم هاتف التاجر الذي حدثه وحاول الاتصال به وجده مغلقا، لكنه طلب في التحقيق أن يتم متابعة ذلك الرقم للوصول إلى صاحبه، وترك عمار يعود لمنزله لحين استكمال التحقيقات.

عاد عمار لبيت خالته منهك القوى ومزهق الروح، دخل غرفته في حالة عزلة عدة أيام أقلقت خالته عليه فاضطرت لمحادثة صديقه حسن لعله يعرف شيئا عما أصابه، وعدها بالمجيء والحديث معه

خاصة بعد سؤال الطبيبة أمل عليه أكثر من مرة ولم يرد على الهاتف أو يحادث أحد.

لم يتوقع عمار أن يصل به الحال لإقحام ذاته في جرائم قتل فهو طوال عمره يتجنب المشاكل ومتعمق في دراسته وعمله، لكن تلك المرة غلبه فضوله لاكتشاف ما وراء ذلك العقار المدمر وتأثيره على الحالة النفسية للمريض ليصل لدرجة الانتحار جعلته يفكر في هوية الأمر،

لكن مشهد حسنية أمام ناظريه أثر على تفكيره وأرهق روحه، التزم الصمت عدة أيام، حتى طرق باب غرفته صديقه حسن بعد أن هاتفته خالة عمار خوفا من صمته، لم يرد في بادئ الأمر لكن مع إلحاحه عليه أذن له بالدخول وأحضر له بعض الأدوية المهدئة تركها بجواره فقد يحتاج إليها، جلس حسن على مقعد خشبي أمامه محاولا إقناعه بصوت هادئ قائلا:

- ماذا حدث لك يا عمار؟ وما أقحمك في كل ذلك؟ ألم تسافر الأسبوع الماضي وعزمت أن تنشغل بعيادتك ومرضاك؟ لماذا عدت مرة أخرى؟ لماذا لا تترك ما لا يعنيك وتهتم بشأنك فقط؟

رد عمار دون شهية للحديث:

- لم أكن أعلم أن الأمر سيصل لموت ضحية جديدة، كنت أود لو أعالج حسنية مما أصابها وأعرف ما وراءها، لكني لم أكن أعلم أن حياتها في خطر.

قص عمار ما حدث لحسن الذي ساده التوتر لما سمعه ورد عليه:

- من المؤكد أن ذلك التاجر قتلها ليتخلص من إلحاحها عليه في النقود.

 ——————————————————— سيكولوجيا

استأذن حسن في الانصراف لأنه سيسافر في الغد مع فوج سياحي بوصفه طبيب متنقل مع الشركة، وطلب من عمار أن يسافر لعمله وينسى ما حدث هنا في الأقصر، وعده عمار أن يفعل ذلك فعلا، لكن بعد انصراف حسن فوجئ عمار باتصال هاتفي من محقق المباحث يطلب أن يأتيه في الحال.

جلس عمار أمام محقق الشرطة وهو لا يفهم سبب استدعائه لكن المحقق بدأ حديثه قائلا:

- ماذا تعرف عن تاجر الآثار؟ وما تبريرك لعدم حضوره في الموعد؟

رد عمار:

- لقد حادثته وفقا لما اتفقنا عليه ولا أعلم لمَ لم يحضر في الموعد، أو لعله حضر قبلي وكان سببا في قتل حسنية.

نظر المحقق له نظرة شك وريبة ثم أكمل قائلا:

- لعل من قتلها أراد إيهامنا بذلك ليبعد الشبهة عن نفسه وهو من قتل حسنية.

اندهش عمار:

- من هو ذلك الشخص؟ ولماذا يقتل حسنية؟

فاجئه المحقق:

- قد يكون أنت سيادة الطبيب عمار، فقتل حسنية تم قبل موعد وصولك منزلها بست ساعات، فلمَ لا تكون قتلتها وجئت تفتعل تلك القصة الوهمية أن هناك تاجر آثار وسيصل في الموعد لتحضرنا معك ونشهد على مقتلها وتبعد الشبهات عن نفسك؟

ذهل عمار من الاتهام الذي وجه إليه، لم يستطع الرد بل دامت الأرض به، ولكنه رد قائلا:

- لماذا أقتلها؟ ما دافعي للقتل؟

رد المحقق:

- هذا ما سأحاول معرفته، لكنك أيها الطبيب قد تكون أنت من أحضرت ذلك الدواء من الخارج واستخدمت مرضاك للتجربة كفئران تجارب وحين تم اكتشاف جريمة القتل لمريضك الأول بالقاهرة، حاولت تضليلنا بجريمة أخرى بالصعيد لتوهمنا أنها جرائم تهريب آثار.

لم يتحمل عمار حديث الضابط ولم يصدق أذنيه وأصيب بضيق تنفس ولم يتحمل الصدمة مما سمعه، قد يكون به الكثير من العيوب لكنه لم يتعمد أبدا المخاطرة بحياة مريض من مرضاه، لم يجد وقتا للدفاع عن نفسه فلقد أمر المحقق حبس عمار على ذمة التحقيق لحين استكمال التحقيقات وخاصة بعد تفتيش منزله ووجدوا بغرفته نفس العقار المتسبب في الجرائم السابقة.

تسرب الخبر وانتشر بالبلدة وجاءت خالته منهارة تحاول مقابلته لكن دون جدوى، لم تجد أمامها سوى الطبيبة أمل ذهبت تبكي وتولول لها بالوحدة الصحية وتؤكد لها أن عمار بريء ولم يقتل أحدا، حاولت أمل أن تهدئ روعها وأخبرتها أنه من الضروري التواصل مع محامي، اتصلت بمحامي صديق لها وذهبت مع خالة عمار إليه لمحاولة إيجاد حل سريع لإخراج عمار بأي ضمان مالي لكن لم يتمكن من ذلك واستمر التحقيق عدة أيام.

الفصل العاشر

مفاجأة العمر

مرت الأيام على عمار كئيبة حزينة لا يعلم بها ليل من نهار كأنه بكهف للموتى، تأثرت صحته ورفض الطعام كعصفور وحيد بقفص من حديد تساقط ريشه وكف عن الغناء، ورغم عدم وجود أدلة كافية تفيد مجرى التحقيق لكن ذلك المحقق لم ييأس، ومع متابعة المحامي سير التحقيقات لمحاولة الحصول للحقيقة، قام باستجواب العديد ممن ذكر اسمهم في القضية منهم الطبيبة أمل التي قصت عليهم قصة السائق وأمدتهم بالمعلومات الكافية.

بعد أسبوع تقريبا، طلب المحقق رؤية عمار لوجود أخبار جديدة في القضية، ورغم يأس عمار واستسلامه بعد حبسه تلك الفترة جلس أمام الضابط صامتا، تحدث المحقق لعمار:

– لقد تم القبض على تاجر الآثار بالمطار أثناء هروبه ومعه بضع القطع الأثرية ويتم استجوابه لمعرفة ما حدث، لكن ما في صالحك أنه لا يعرف شيئا عنك.

صرخ عمار:

– الحمد لله، لكن كيف توصلتم إليه؟

وضح المحقق قائلا لعمار:

– رغم القبض عليك، قدم محاميك طلبا لتتبع هاتف ذلك التاجر لمعرفة مكانه وحين تم الموافقة على التتبع استطعنا أن نلحق به قبل الفرار من البلاد.

لكن المحقق طلب من عمار أن يستمر في الحبس عدة أيام أخرى ليعرفوا من وراء ذلك التاجر وأوقع عمار بدلا منه في مقتل حسنية.

تحمل عمار صاغرا أيام أخرى في الحبس، لكن محاميه طمأنه أنه يسعى جاهدا لمحاولة إخراجه.

لكن للأسف ما ثبت عليه الاتهام وجود ذلك العقار بغرفته، اندهش عمار كيف تم وضع العقار بغرفته ولا أحد يدخلها غيره حتى من تساعد خالته في تنظيف المنزل لا تقترب من غرفته بناء على طلبه،

بعد يومين من التفكير المضني، طلب عمار محاميه لأمر عاجل فلقد تذكر شيئا هاما، بمجرد أن قابله تحدث معه بنبرة يعتريها القلق، لم يصدق ما يقوله لكنه في نظره الاحتمال الوحيد، فكر في صديقه حسن أن يكون أعطاه القاتل تلك الأدوية دون علمه على أنها أدوية مهدئة أثناء زيارته له بالغرفة، وعده المحامي أن يحاول إبلاغ جهات التحقيق وتحري الأمر.

مرت عدة أيام أخرى دون أي أخبار جديدة، عمار بالسجن وخالته وأمل تزوره كل فترة، لكن بعد عدة أيام، استدعى المحقق عمار مرة أخرى، جلس أمامه وسأله:

- ما علاقتك بالمدعو حسن؟

رد عمار بتلقائية:

- صديق عمري منذ طفولتي.

ضحك المحقق وأكمل أسئلته:

- صديق عمرك أم شريك في الجريمة؟

اندهش عمار من حديث المحقق:

- شريك من؟ وفي أي جريمة؟

أكمل المحقق يخبر عمار باقي ما حدث:

- بعد استجواب ذلك التاجر وتيقنه أنه سيحكم عليه بسنوات طويلة لتجارة وتهريب الآثار،

وجهنا إليه تهمة قتل حسنية فأنكر بشدة وأخبرنا عن الشخص الذي أوصله بها وساعده في التأثير عليها لتقنع عطوة بسرقة المتحف الحارس به.

اعتدل عمار في جلسته وسأله بجدية:

- من هو هذا الشخص؟

- ألا تعرفه؟ إنه صديقك حسن أو المدعو الدكتور حسن كما اتضح أنه الطبيب الذي أعطى السائق بشركة السياحة ذلك العقار المدمر بوصفه علاج للصداع.

وقع الخبر على عمار كنيزك من السماء أشعل جسده فلم ينج منه، جحظت عيناه وفرغ فاه وقال بدهشة:
- حسن! كيف ولماذا ولمَ يقتل حسنية ويتهمني بها؟
أكمل المحقق حديثه عن حسن:
- من الواضح أنك لا تعرف شيئا عن صديقك حسن منذ سفرك لإكمال دراستك بالخارج لكني سأخبرك بكامل الأمر، حسن طبيب فاشل لم يستطع إكمال دراسته العليا بالطب ولم يتخصص بتخصص معين، فلجأ للعمل كطبيب متنقل مع شركات السياحة يرافق الأفواج السياحية، ومن عمله تعرف على المدعو جون بريسلي، ذلك السائح عاشق للآثار المصرية ويأتي لزيارتها كل عام، وهو الذي أخبره عن العقار المنتشر بأمريكا وأوروبا، وكيف يؤثر على الشخص فيسلب إرادته ويصير مغيبا ينفذ ما تمليه عليه وينسى ما تم فعله به بعد ذلك، بل إن جرعة زائدة من العقار قد تؤدي لرغبته في الانتحار، فكر حسن أن يستغل العقار لتسخير البعض في مساعدته لتهريب الآثار وبعد إكمال المهمة يتخلص منهم بجرعة زائدة وتكرر ذلك مع أكثر من شخص،

لم يكن سهلا أن نوقع به فلقد استطاع حبك خطته ببراعة ليبعد الشبهات عن نفسه، لكن حذره الشديد أوقعه، فلقد تم رفع البصمات عن علبة العقار المدسوسة بغرفتك ومع اعترافات تاجر الآثار بتعاونه معه وتطابق البصمات تأكد الظن أنه وراء كل ذلك.

صدم عمار وسأل الضابط:

- لم أوقع بي وتم توريطي بالجريمة وأنا لم أفعل له شيئا؟

رد الضابط باهتمام:

- من المؤكد أنه حذرك أكثر من مرة أن تعود لعملك ولا تتدخل في أمور القرية لكنك عرضته للخطر أن تكشف حقيقته حين تحدثت مع حسنية وأخذت رقم التاجر، وقد أبلغه التاجر بذلك بعد اتصالك وشكه في أمرك، وقتها خطط لتلك الجريمة منها يتخلص من حسنية ومنها يتخلص من فضولك وتتهم أنت بالأمر وهو يظل بعيدا عن الشبهات، لكنه لم يمهلنا لنلقي القبض عليه فحين شعر بالخطر انتحر بجرعة زائدة من ذلك العقار ومات في الحال.

دمعت عينا عمار لم يدر أهو حزنا على صديق عمره أم على خيانته له وخداعه لتلك الدرجة في أقرب أصدقائه، لكن ما هون عليه الصدمة كشف الحقيقة وبراءته التي يأس أن يثبتها لولا شهادة أمل والقبض على التاجر.

بعد أن أنهى المحامي العديد من الإجراءات، تم إخلاء سبيل عمار وخرج للحرية مرة أخرى ليجد خالته في انتظاره وبجوارها أمل الطبيبة الجميلة التي وقفت بجواره في أزمته، وهنا عادت خالته لحديثها المعتاد أنه لن يجد مثلها زوجة مناسبة، لكنه هذه المرة لم يقاوم كعادته، بل وافق خالته في رغبتها، فبعد ما رآه من أهوال وصدمات شعر أن العمر لم يعد به متسع وأن كلا منا عليه اقتناص السعادة بكل إرادته حين يجد من يستحق أن يشاركه الحياة ويكون ونسا وسندا.

تمت

هذا العمل تحت رعاية ورشة ومضة لأساسيات الكتابة الإبداعية